Jens Korbus

Deutsche Sommertage

Bibliografische Information der Deutschen Nationalbibliothek: Die Deutsche Nationalbibliothek verzeichnet diese Publikation in der Deutschen Nationalbibliografie; detaillierte bibliografische Daten sind im Internet über http://dnb.dnb.de abrufbar.

© 2016 Jens Korbus, 56072 Koblenz
überarbeitete Auflage 2020

Coverfoto: Jens Korbus, Der Brunnen vor dem Goethe-Haus in Weimar, 1990
Cover und Layout: Manuela Wirtz, www.manuwirtz.de

Herstellung und Verlag: BoD – Books on Demand, Norderstedt

ISBN: 9783741207204

Jens Korbus

Deutsche Sommertage

Novelle

Sven, Johanna

Sie waren von der Autobahn abgebogen und in einem Vorort von Weimar, Gelmeroda, gestrandet. Als sie durch das Dorf fuhren, hatten sie gesehen, wie die Leute durch die Fenster guckten, das Westauto sahen und eilig ein Schild herausstellten: Zimmer frei! – Das dritte Zimmer hatten sie genommen. Die Vermieterin, die etwas Land bebaute, hieß Frau Kriesche. Die ersten Eindrücke waren befremdend. Als sie ausgestiegen waren, rochen sie den Braunkohledunst über der Stadt, bis hier herauf. Auf dem Weg hierher hatten sie ein Auto gesehen, das, mitten in der Natur, Öl in den Boden abließ. Sie hatten das Zimmer, das fast ein Appartement war, für achtzehn Mark genommen und ihre Reisetaschen abgestellt. Wenig später waren sie nach Weimar hinunter zum Essen gefahren. Es hatte alles gut geschmeckt und war sehr billig gewesen. Sie gingen nach Weimar hinein, durch die Frauentorstraße, hinein in die ehemalige Esplanade, die heute Schillerstraße hieß, und setzen sich in ein Straßencafé. Alles war ungemein billig. Als sie zurückkamen und in ihrem Haus die Toilette benutzten, waren sie über den Geruch dort erschrocken. Die Toilette war in einem Hinterhaus.

Das rechtwinklig ausgerichtete „Zimmer" erwies sich als sehr geräumig. Frau Kriesche musste den Badeofen mit Holz heizen, wenn sie duschen wollten. Hinter der weitläufigen Kochnische schloss sich nach einem Linksknick die Schlafecke an. Die Betten mit getrennten Matratzen, und links und rechts davon je ein kleines, wackliges Regal für Bücher, Krimskrams und den Tabak seiner Freundin Johanna. Wenn sie abends in die naheliegende Kneipe Bier holen gingen, wurden sie wie seltene Tiere angeglotzt. Jeder nahm zwei Flaschen: für die kommenden Tage. Als sie die Bierflaschen zurückbrachten, wurden sie wieder misstrauisch beäugt. Warum hatten sie sie nicht einfach entsorgt!

Am nächsten Morgen beim Frühstück, Frau Kriesches fuchsiges Gesicht: Im DDR-Alltag schlau geworden. Schlau und vorsichtig in ihrer ärmellosen Kittelschürze mit dem roten Wollpullover darunter. Jetzt, mitten im Sommer. Sie musste auf die Sechzig zugehen und hatte sich das Haar, vermutlich selbst, rotbraun gefärbt und hinten zu einem Knoten gebunden. Die Hände im Schoß gefaltet. Ganz hinten, über dem großen, hellen Spülstein, hingen die

Küchenhandtücher. Rechts von der Küchentür ein vorhangbewehrtes Hängeschränkchen. So hätte seine Mutter auch gewirtschaftet.

Es war Hochsommer und Johanna hatte eine rote Seidenbluse an, die von den Ärmeln bis zu den Schultern geschlitzt war, so dass man darunter die bloße, nackte Haut sehen konnte, die sehr weiß war. Ihr schweres, dunkelbraunes Haar fiel ihr bis über die Schultern und deckte die kleine Blöße stellenweise zu. Hier im Sommer 1990, in der ehemaligen DDR, in der Küche der Frau Kriesche, die schnell das Schild „Zimmer frei" herausgestellt hatte, als die Westler durch Gelmeroda fuhren. Johanna: Ein bisschen kindlich, ein bisschen überlegen. Ab und zu lächelte sie. Sie konnte sich zwischen Pony und Seitenscheitel nicht entscheiden. Ohrclipps trug sie auch. Sie war leidenschaftliche Raucherin, Selbstgedrehte, mit spitzen Fingern. Und während sie mit der Linken die Tasse zum Mund führte, zog sie mit der Rechten am gerade entfachten Glimmstengel. – Die Wachstuchdecke war orange-gelb-kariert, und Brötchen und Marmeladengläser standen noch auf dem Tisch neben dem Frühstücksgedeck. Die ganze weitläufige Küche, die sich über zwei Räume erstreckte, war schon modernisiert. Birkenfurnierte Hängeschränke und Sideboards in der ganzen Länge. Auf dem einzigen freien Fleckchen ein Familienfoto. Ein Kofferradio neben ganz vielen Cola-Flaschen. Rechts hinten sah man noch Gas- und Kohleherd. Dahinter zwei Kühlschränke. Die alte Blumentapete war noch nicht erneuert.

Nach dem Frühstück fuhren sie in den Ort und parkten hinter einer Baustelle. Gingen zum Frauenplan. Goethes langes, gelbes Haus mit den rotbraun umrandeten Fenstern, fast wie eine Rotunde gebaut mit einer großen, zweiflügligen Eingangstür und links und rechts diese zwei breiten Portale für die Ein- und Ausfahrt der Kutschen. Zweigeschossig, obenauf die Mansarde, die Goethe „Schiffchen" nannte. Links neben der Seifengasse, die in den Frauenplan mündete, das Gasthaus Zum Weißen Schwan. Das Goethe-Haus hatte, wohl durch den Mythos, etwas Besonderes gewonnen. Hier hatte dieser merkwürdige Mensch, „der mit sich selbst nicht einig werden konnte", also gewohnt. In der Mansarde später sein Sohn und dessen Frau Ottilie. Das Haus zog an. Von weither kamen die Leute, auch viele Japaner, um hier zu staunen. Die Fenster der Mansarden wirkten wie Aussichtsluken. Der Muschelkalk des leeren Frauenplans machte das Haus noch weitläufiger. – Johanna hatte Sven auf den drei Stufen vor dem Eingangsportal fotografiert. Da saß er, in seinem Markenhemd und den Schuhen von C & A, Paul Raabes „Spaziergänge durch Goethes Weimar" aus dem Arche-Verlag in der Hand. Das helle Sonnenlicht hob die drei Stufen vollkommen von dem Haus ab.

„Des isses Juno-Zimmer mit dem Streicherflügel", hatte einer der stummelzähnigen Cicerones gekaut. Der hellbraune Flügel stand an die Wand gerückt vor dem blauen Wandanstrich, dessen unterer Teil von schmalen, goldenen Rauten geprägt war. Darüber hing ein mindestens drei Meter langes Gemälde mit griechischen Szenen von Johann Heinrich Meyer, Goethes Hausmaler. Daneben ein Porträt in goldenem Rahmen. Rechts neben dem Flügel, in die Ecke gerückt, stand eine rotbezogene Setille mit drei ebenfalls rotbezogenen Stühlen. Der große, runde Tisch davor war mit einer beigen Tischdecke gedeckt, die fast bis zum Boden reichte. Darauf ein gipserner Nike-Abguss. Die Bohlen des Bodens waren lackiert oder gewachst. Rechts öffnete sich der Durchgang zum Urbino-Zimmer. Auf einer drei Meter hohen Kommode thronte ein Adler. Genau gegenüber in diesem Zimmer, links von der Durchgangstür zum gelben Saal stand die weiße, kolossale Juno-Büste, Gipsabdruck. Eine seiner Herrscherinnen, die er so gerne mochte. Aus ihrem Schuh hätte er auch seinen Wein getrunken!

Goethes Arbeitszimmer mit den zwei Fenstern zum Garten. Alle geschreinerten Möbel dunkelbraun. In der Zimmermitte der viereckige Tisch mit den abgerundeten Ecken, davor die Stühle, schon Biedermeier, an denen der Schreiber John gesessen hatte, wenn Goethe, im Hausmantel auf- und abgehend, diktiert hatte. Ob es die echten Stühle waren? Jetzt hatten sie mitten auf den Tisch eine Vase mit roten Tulpen gestellt. Links das viergeteilte Stehpult mit den Schubladen darunter. Rechts eine lange, niedrige Kommode, die sich über die ganze Wand zog. Darauf ein verschließbares Schränkchen. Zwischen den zwei Fenstern ein Bild, darunter noch eine Kommode. Der Fußboden aus breiten Holzbrettern. Bücher waren nicht zu sehen. Goethe wollte auch nur die notwendigsten in seinem Arbeitszimmer. Er hatte ja seine große Bibliothek abseits. Das Zimmer war zum Arbeiten praktisch, aber nicht übermäßig, eingerichtet. Kein Möbel war so gestellt oder gebaut, dass es dem Dichter hätte Zeilen abzwingen können.

Das Schlafzimmer, fast gesichtslos einfach. Das Bett, in dem er sich wohl nicht ganz ausstrecken konnte, mit dem roten Überwurf, einer Steppdecke. Am Kopfende der Stuhl, in dem er oft sitzend schlief, mit dem kleinen Kopfpolster. Daneben ein quadratisches, dunkelbraunes Biedermeier-Tischchen zum Ablegen der Bücher oder der Teetasse. Jetzt stand ein Schälchen mit gelben Tulpen darauf. Durch die geöffnete Tür dahinter ging es weiter ins Arbeitszimmer, hinter dem sich die Bibliothek verbarg. An der Wand links von der Tür hingen beschriebene Tafeln. Lebenslanges Lernen. Darunter wieder eines der quadratischen, dunkelbraunen Tischchen, schön und praktisch. Durch die geöffnete Tür zum Arbeitszimmer fiel helles Licht herein, über den unteren Teil der Wände zog sich, einen halben Meter hoch, ein verschwommener Fries. Die ganze Wand hinter dem Kopfende füllte ein Wandbehang mit einem grün-weißen, viereckigen, meditativen Muster. Wie doch Dichter auf ihre Gedanken gebracht wurden!

Seine Bibliothek, circa achttausend Bände! – Nur ein Blick durch das Gitter, das den Zugang versperrte. Viele Sammelwerke oder Gesamtausgaben, wie man aus den gleichartig gestalteten Bändchen sehen konnte. – Oder kamen sie alle vom gleichen Buchbinder? – Nein, es waren Sammelwerke. Er fotografierte die Buchrücken durch das Gitter. Die hellen Regale bogen sich schon.

Der Innenhof! – Auch mit Muschelkalk gepflastert, die hochrädrige, blattgefederte Kutsche musste stark gerumpelt haben. Die gelben Fassaden der breiten Durchfahrt vom Eingangs- zum Ausgangstor. Eine Fassade war sogar eingerüstet. Überall führten Türen nach innen. Oder, wie man will, von innen nach außen. Ein richtiger Fuchsbau, wie ihn Goethe im „Reineke" in Hexametern erdichtet hatte. Ein paar Fenster zum Innenhof mit weiß gestrichenen Rahmen gab es auch.

In dieser Stadt also, dachte er, hat der Große gehaust, und alles verdrängt, was sich gegen ihn erhoben hatte, zuletzt sogar seinen eigenen Sohn. Selbst seine größte Feindin, die Jagemann, hatte nach Carl-Augusts Tod das Feld räumen müssen. Die Psychologie war damals ziemlich weit entwickelt. Alles, was danach kam, war ein Niedergang. Der Adel wusste die Verhältnisse zwischen den Menschen noch am besten einzuschätzen. Freud und Gefolge:

viel zu grob! Allenfalls noch Tolstoi und der russische Adel im neunzehnten Jahrhundert. Er dachte an die Ängste, Erwartungen und Hoffnungen der Menschen. Es würde ein besseres Deutschland geben. Das Erbe der Hitler-Kriege würde überwunden werden. Ein neues, friedliches Deutschland mit der fast doppelten Menge an Staatsbürgern würde Europa zum Erstaunen bringen, und auch England, das nur blinzelnd zusah, würde sich wieder beruhigen. – Jetzt würde Europa wirklich vereint. Vor einem starken Deutschland brauchte niemand mehr Angst zu haben, denn es wäre vollkommen eingebunden. Nationalismus hatte es in der DDR sowieso mehr als in der BRD gegeben. Ich selbst habe ja gar keine politischen Alternativen, dachte er. Weder zu diesen, noch zu unserem System drüben in Westdeutschland, wo wir herkommen. Er musste an die Sprüche der Politiker denken, blühende Landschaften. Die Leute hier hatten genug mit sich selbst zu tun. In der ZEIT hatte ein schöner Artikel gestanden, dazu die Worte Willy Brandts, jetzt wächst zusammen, was zusammen gehört.

Frau Kriesche, Sven, Johanna

Wir haben grad Abendbrot gegessen, sagte Frau Kriesche, auf einmal klopft's an der Tür, da war's der Lukas. Der war im Westen. Ganz problemlos! Is' keine Grenze mehr! Is' keine mehr da! Sonst wär er auch nicht rüber gekommen! Die ganzen Leute von damals, die muss er sich jetzt mal schnappen! Er kennt ja genug! Bloß, Lukas, der sagt nicht: Mein ist die Rache!

Mein Gott, klar, dann würde das ganze Zusammenleben ja nicht mehr funktionieren! Obwohl man doch immer denkt: Hätte ich nicht doch? – Ja, ja! Normalerweise haben sie's verdient! Die kriegen mehr Unterstützung wie wir, die wir voll gearbeitet haben. Und das find ich ungerecht! Die kriegen doch Intelligenzrente, tausend Mark oder mehr! Sollen sie ihnen doch vierhundert geben, das reicht doch! –

In den normalen Formen des Wirtschaftslebens in der Demokratie, da wird einfach für die Leute kein Platz mehr sein! – Ja, aber dass die so viel Geld kriegen! – Wahrscheinlich haben die Oberen Angst, dass die Unteren was ausplaudern!

Die sollen froh sein, wenn sie hinterher nicht verraten werden! Solche Leute haben wir an der Macht gehabt! Die Leute von der Gruppe, die saßen doch bei uns in der DDR. Haben sie da nie gesucht! Menschen, die die verstecken, kann ich doch nicht achten. Und deren Befehle! Nachher ist dann gleich die Frage: Wer hat die Macht? Die wechseln ihre Hemden! Die haben immer zwei Gesichter! So sind sie, die Obersten und wieder die Obersten! Die werden nicht mal bestraft, die kriegen noch 'ne hohe Rente! Also, ich finde das ungerecht! In meinen Augen ist das nicht richtig! Gerade die einfachen Leute werden bestraft, wenn sie nur einen Fehltritt machen! Aber die Großen werden belohnt

Wenn man sich von einer Idee verabschiedet, darf man auch ein bisschen Wut zeigen, dachte Sven. Dann sagte er: Es ist kein einziger Nazi-Jurist in der BRD verurteilt worden! Vielleicht, weil dann auch die Verwaltungsmaschine nicht weitergegangen wäre. Und weil man Verwaltungsfachleute brauchte. Und man muss auch bedenken: Wahrscheinlich haben die Leute das auch nicht freiwillig getan!

Vielleicht! – Ich meine, wir tun's auch nicht freiwillig! Aber wir haben so viel Charakter gehabt, so wie mein Sohn, der den Wehrdienst abgelehnt hatte.

Tag, Heinrich! Das ist meinem Mann sein Bruder! Wir haben zusammen ne Autofirma gegründet. Heute warst du aber nicht im Postauto! Warst du schon einmal hier? – Ich fahr heute nicht Post! – Ja, Lukas ist da. Hat wieder zwei Autos mitgebracht! Hast du schon gesehen? – Den Grauen hat er mitgebracht! – Welchen Grauen? – Den Grauen, der aussieht wie ein Golf. So ein kleiner Nissan! – Die standen gestern im Hof! Zwei hat er gebracht, einen so ganz sportlichen! Und dann noch 'n Kombi! Die beiden dahinten, das sind Luxuswagen. Ich weiß nicht, warum er die bringt? Die muss er doch loswerden! Einmal hatte er schon einen Sportwagen verkauft, und zwar hier nach Holzdorf. Der hat bestimmt gut verdient.

Vor einem Monat musste ich meine Ente verkaufen, sagte Johanna, die kam nicht mehr über den TÜV, war total durchgerostet, unten die beiden Holme, die das Auto tragen. Acht oder neun Jahre hab' ich sie gefahren! – Ich glaube, da hängt man dran! – Sehr! – So geht's ja meinem Mann auch mit dem Trabbi. Der will den alten Trabbi nicht hergeben. – Würd' ich auch nicht! – Ich sag', man muss sich ja schämen mit dem alten. Und dann sagt er, ach nee, in ein paar Jahren ist das 'n Oldtimer. Wir haben da drüben 'n tollen alten BMW stehen. Wenn man in die Wiese reingeht, da steht er, dunkelrot! Wissen Sie, was ich meine? – Ich hab noch gar nicht geguckt. – Wenn man den fahrbereit machen würde … Wir haben einen Verwandten, der solche Autos aufkauft und fahrbereit macht! Dreißig, vierzigtausend Mark! Neuen Boden rein, und dann die Schweißarbeiten. Und er hat auch die Türen, die unten durchgerostet waren, alle geschnitten und neu eingesetzt und alles abgeschliffen und gespachtelt und gespritzt. Die Autos, die hier stehen, die haben zehn Jahre Rostgarantie.

Mein Audi auch, sagte Sven, zehn Jahre Garantie auf Rost! – Ja, wir mussten alles abschneiden und wieder neu machen und reparieren und flicken. – Also, sagte Johanna, ich hätt' mein Auto reparieren lassen, wenn's jemand gemacht hätte. Die haben alle nur gesagt: Nee, das machen wir nicht mehr. – Bei uns gibt es ja vielleicht nicht die passenden Holme dazu. Aber wenn Sie die hätten besorgen können, mein Sohn hätte Ihnen das gemacht, der hätte Ihnen geholfen! Ja, der hat viel gemacht! Er wird ja noch sehen, dass das lukrativer ist. Dass das Geld bringt. Und er macht gleich die Hohlraumkonservierung und Untergrund.

An den neuen Wagen wohl nicht mehr, sagte Sven, die Karosserien sind voll verzinkt! – Dann braucht er's nicht zu machen! Aber da stehen schon wieder welche da! Mein Schwager hilft auch mit. Der ist nach Weimar gezogen, hat sich nach einem

Vierteljahr ein Häuschen gekauft, und da haben sie alles neu gemacht. – Kann man hier eigentlich noch … Häuser bekommen? Häuser kaufen? – Also, wir haben viel weggegeben! Jetzt wird's schon schwieriger! Aber wenn Sie Anfang des Jahres gleich gekommen wären, da haben sie hier die Häuser regelrecht verschenkt, weil sie die nicht halten konnten. Und als sie dann das Westgeld hatten, da haben sie sich gefreut. Waren froh, dass sie die Häuser weghatten. Und die BRD-Leute, die haben Geld, und die können noch was machen! Da wussten sie: Wir geben's in gute Hände, und da wird's erhalten! Früher haben sie noch alle dem Staat geschenkt. Die jungen Leute haben sich dafür nicht interessiert, und die alten haben gesagt, was sollen wir zeitlebens arbeiten dafür, um das zu erhalten!

Naja, das kostet viel Geld, so'n Haus zu halten! – Sie konnten's nicht mehr erhalten, und durchregnen wollten sie's auch nicht lassen. Und viele haben's dem Staat geschenkt, nur damit der wenigstens die Reparaturkosten übernimmt! Und die jungen Leute haben auf Miete gewohnt in Neubauwohnungen. Da haben sie Fernheizung, brauchen nicht mehr Kohlen zu schleppen, und brauchen kein Feuer zu machen und wohnen billig! Und alles modern! Und wenn ein Zimmer oder die Toilette kaputt ist oder eine Tür oder neue Fenster herein müssen oder tapeziert werden muss, hat der Staat ihnen alles umsonst gemacht! War das nicht herrlich? Wir mussten jedes Fenster, jede Tür bezahlen. Die haben alles gekriegt! Der Betrieb hat jedes Jahr oder alle paar Jahre die Küchen neu gemacht, umsonst, dazu alles, was kaputt war. War der Ofen kaputt, bekamen sie einen neuen Ofen. Die haben doch schön und billig gelebt! Die Kinder haben sie in die Kinderkrippen geschickt, und das war nicht teuer, und die haben da ihr Essen gekriegt. Mann und Frau konnten voll arbeiten, haben voll verdient!

Wie schnell Sie sich davon befreit haben. Einen Handel aufgezogen, Initiative ergriffen … – Ja, freilich! – Also, ich glaube nicht, dass sich der Mensch auf Dauer knebeln lässt! – Ja, aber wenn's nicht anders gekommen wär', hätten wir das ja aushalten müssen. Wo sollten wir denn hin? Wir konnten ja nirgends raus! – Ich hab' das Gefühl, dann hätte es irgendwann in den nächsten zehn Jahren Krieg gegeben.

Sie waren durch Zufall bei einer Systemgegnerin gelandet. Die hat viel erlebt und das System vierzig Jahre lang ausgehalten. Die redet, wie ihr der Schnabel gewachsen ist. Die hat sich nicht einschüchtern lassen. Oder tut sie das nur für uns Westler?

Sven, Johanna

Über diesen Platz ist Goethe also gegangen, dachte Sven, als er sich noch einmal umschaute. Im Sommer wie im Winter, wo er sich darüber ärgerte, dass die Polizei kam, wenn ein paar Kinder Schlitten fahren wollten. Vor dem Haus der gusseiserne Brunnen, der auf einem Steinfundament ruhte. Dahinter zwei große, blühende Bäume. Eine einsame Laterne. Der Brunnen war tiefschwarz und hatte auf jeder seiner sechs Seitenflächen runde Embleme. Wenn man hinein sah, spiegelten sich die Bäume im Wasser. Schräg gegenüber war eine Fleischerei. Sie gingen in die Esplanade hinein. Eine breite Prachtstraße, wo Goethe zusammen mit dem Herzog mit seiner Parforcepeitsche die Leute erschreckt hatte. Rechts zwei gelbe Telefonzellen, die Sven noch von seiner Weimar-Reise vor vier Jahren in Erinnerung hatte. Damals waren diese beiden Zellen völlig verwahrlost gewesen, ebenso wie die Platten, mit denen die Straße belegt war. Vor der Fleischerei hatte eine Schlange bis um die Ecke gestanden. – Klischees? Aber er hatte es ja gesehen. Ein paar alte Frauen waren damals mit Einkaufsbeuteln über die Straße getippelt. Sonst hatte er niemanden gesehen. Er hatte sich damals das Goethe-Haus ein zweites Mal ansehen wollen. Aber der Reisegruppenleiter wurde ungehalten und wollte, dass er bei der Reisegruppe blieb. Er war aber trotzdem gegangen, und erst jetzt, alleine, hatte er den Geist des Ortes gespürt.

Was mochte Goethe zu seinem großartigen Werk bewegt haben? Sven gab dem Brunnen die Schuld, diesem dunklen, gusseisernen Schlund, unmittelbar vor seinem Haus, von seinen Fenstern im ersten Stock hatte er die jungen Mädchen beobachtet, die hier Wasser holen. An diesem Abend hatten sie noch lange auf einer der Bänke vor dem Goethe-Haus gesessen und dessen Geheimnis zu ergründen versucht. Aber das Haus war leer geblieben wie immer abends und hatte sie ohne Antwort gelassen. Unmittelbar daneben baute man ein Podium für eine Disko-Veranstaltung am nächsten Wochenende auf.

Sie waren dann vom Goethe-Haus über den Frauenplan zu einem Eckcafé gegangen, wo man draußen sitzen konnte. Eine ältere Frau mit gefärbten Haaren und einem starken Oberlippenbart ging von Tisch zu Tisch und bot überreife Pflaumen an. Eine Ossi, die hier zu Hause war. Das Personal versuchte, sie zu verscheuchen, aber sie hatte sich an ihrem Tisch auf den freien Stuhl niedergelassen und fing ein Gespräch an. Sie bot ihnen die Pflaumen für einen Spottpreis an. Johanna kaufte sie ihr ab. Er überlegte, ob er der Frau etwas schenken sollte, aber er wollte sie nicht kränken. Schließlich war sie aufgestanden und hatte sich entfernt. Ihr eindringliches Gesicht. Zu Hause hatte Johanna aus den jetzt fast faulen Pflaumen in seiner Küche Marmelade gekocht, die sogar geschmeckt hatte. Das ungewöhnliche und eindringliche Gesicht der Frau, auch deren Selbstbewusstsein, mit dem sie an die Tische getreten war, hatte er nie vergessen. Er hatte sich, vor einem der Spiegel in Goethes Haus, zusammen mit Johanna, fotografiert. Den linken Arm um ihren Hals geschlungen, den rechten mit der Leica III f auf ihre rechte Schulter gestützt. Sie schaute so gleichgültig in den Spiegel wie er, als er auslöste, mit einer halben Sekunde und offener Blende. Sie trug eine weiße, am Hals geschlossene Bluse und er ein graues Lacoste-Hemd. Das Foto war, trotz des Gelbstichs wegen der Beleuchtung und trotz der langen Belichtungszeit, etwas geworden. Im Hintergrund sah man zwei Bilder, mit denen Goethe seinen Flur geschmückt hatte. Johannas lange Haare ragten noch unter seinem linken Arm hindurch. Er trug die Haare damals auch lang. Er hatte diese Bilder auch mit seiner offiziellen Kamera gemacht, einer Canon. Diesmal hatte er den rechten Arm um ihren Hals gelegt und fotografierte, auf ihre linke Schulter gestützt. Die Automatik hatte wieder eine lange Belichtungszeit gewählt, aber verwackelt war die Aufnahme auch nicht. Beide lachten. Sie trug einen roten, dünnen Pulli und er ein weißes Shirt.

Johanna wusste, dass ihr Gesicht rundlich wurde, wenn sie zu viel aß und zunahm. So hatte sie sich mit den Monaten eine immer strengere Diät auferlegt. Nur das Bier am Abend gönnte sie sich. Aber das bewirkte nicht viel. Ich werde zu dünn, hatte sie damals gedacht. Man hält mich vielleicht für magersüchtig. Schließlich hatte ihre Mutter etwas gemerkt und sie zu einer Therapeutin geschickt. Das hatte genützt. Sie war sich über vieles in ihrer kurzen Vergangenheit klargeworden, besonders über ihren Vater, der eines Tages vom Zigarettenholen nicht zurückkam, und ausgeblieben war. Ein Klischee. Sie glaubte, dass ihre Großmutter, die Mutter ihres Vaters, wusste, wo er steckte. Vielleicht im Westerwald, wo die Großmutter wohnte! Die Großmutter hatte ihr zum Jurastudium eine Menge Geld hinzugeschossen, und sie war sich sicher, dass es von ihrem Vater kam. Zur Fremdenlegion war er bestimmt nicht gegangen. Sven hatte sie jedes Wochenende in den Westerwald gefahren, wo sie das Wochenende mit ihrer Großmutter verbrachte. Dort wurde gekocht und gebacken. Johanna wusste, dass jedes Gegenüber, das sie mit ihren braunen Augen und den Wangengrübchen anschaute, verstummen musste. Sie machte auch reichlich davon Gebrauch. Ihr Kinn war etwas zu spitz. Es ragte aus ihrem Gesicht, wenn sie zunahm. Als sie so dünn geworden war, trug sie gerne die weiten, gefütterten Lacoste-Winterblousons. Da sah man ihre Magerkeit nicht. Auf einem Foto, das sie sich von einem Dia hatte abziehen lassen, stand sie mit Sven vor dem Wiesbadener Kurhaus. Ein kleiner Trip. Sie trug diesen sauteuren, silbrigglänzenden Blouson, dazu eine karierte Hose, wie Sven. Er sah auf dem Foto aus wie ein Zuhälter, dachte sie. Lange Haare, große Sonnenbrille, Höhensonnenbräune, gelber Schal und schwarzen Lederblouson. Dass sie sich gerade hier in Weimar an dieses schreckliche Foto erinnern musste. Sie hatten damals eine alte Bekannte von Sven, die in einer Boutique arbeitete, besucht. Und die alte Freundin war völlig erstaunt über den unerwarteten Besuch. Auf der Rückfahrt hatten sie die ganze Zeit Dire Straits gehört: „Some day babe, when the river runs free, so I'll carry that water of love to me." Sie hatte sich immer wieder an die Fahrt mit Dire Straits erinnert, und die waren eine ihrer Lieblingsgruppen geworden.

Frau Kriesche, Sven, Johanna

Frau Kriesche hatte gleich losgelegt. Sechsundachtzig haben wir eine Tour in die Schweiz gemacht. Siebenundachtzig waren wir dann in der Ostschweiz. Sind wir am Bodensee runter, Meersburg! Sind mit der alten Fähre nach Konstanz rüber. Und dann unten zum großen Kurfürsten. Und dann sind wir rüber auf ein Weinfest. Und sind dann in der Südschweiz bis kurz vor Freiburg gekommen. Und das Jahr darauf waren wir in Italien, unten am Gardasee. Und dann voriges Jahr, da sind wir dann runter auf die Insel Mainau, am Bodensee. Und dann rüber nach Lausanne, Genfer See. Das ganze Rhônetal entlang! Und dann hoch auf die Berge. Das war ein Ding. Ich bin bestimmt nicht ängstlich, mit mir können Sie sonst was machen! Meine Freundin sagte: Was willst du denn da oben, wo's so windig ist? Da hatten die ein Schiff, wie eine Nussschale, wo vier Personen hineingehen. Da wurde zugeschlossen, da segelte das Schiff ab. Sagt meine Freundin: Du bist ängstlich. Ich sag: Ängstlich nicht, das ist nur ein bisschen ungewohnt. Und dann sind wir runter nach Lausanne! Das sind ja Orte! Lausanne ist schön! Dann so eine herrliche Villa, direkt am See!

Sind Sie hier aus dem Ort? – Ich bin hier zu Hause! Ich bleib auch hier! – Und was haben Sie von Beruf gemacht? – Meine Eltern hatten Landwirtschaft! Ich bin in der Landwirtschaft großgeworden! Ich wollte gerne Handarbeitslehrerin werden. Und damit waren mein Vater und meine Mutter einverstanden. Vor allen Dingen unsere Handarbeitslehrerin war sehr interessiert, mich in diesen Beruf zu bringen. Da sagt mein Vatter: Mädchen, das ist nichts. Es hat keinen Zweck, bleib zu Hause! Da bin ich zu Hause geblieben. Nun ja, und dann kam der Zusammenbruch, und dann kamen die Verhältnisse bei uns, und da konnte ich meine Eltern auch nicht im Stich lassen. Und dann bin ich halt geblieben, bis heutzutage. Und da haben wir nicht immer nur Schönes mitgemacht. – Ja, wir haben's halt nur aus den Zeitungen erfahren. Ich hab's zum ersten Mal so richtig mitgekriegt. Da hab ich so eine Busreise nach Weimar gemacht. – Weimar war mal eine schöne Stadt! – Ach, sie ist immer noch schön! Wir sind gestern Abend oberhalb vom Ilmpark entlanggegangen bis Belvedere! Da kann man noch verstehen, dass Goethe gesagt hat, eine Gartenstadt!

Ich wäre gerne gereist. Aber wenn man im fremden Land ist und kann die Sprache nicht, das ist schlimm. Also, wissen Sie, wenn ich heute noch jung wär', würde ich auf alle Fälle Englisch und Französisch lernen. Damit kommen Sie immer durch. Und wir waren jetzt unten. Im Frühjahr haben wir eine Reise nach Istanbul gemacht. Mit meiner Freundin! – 'Ne Busreise. Die Türken, die sprechen ja zum Teil gut deutsch. Also viele Türken, die wir da kennengelernt haben, die uns angesprochen haben. Die haben alle in der BRD gelernt oder sind dort geboren! Also man muss wirklich staunen! Total freundlich! Da waren wir im großen Basar! – Ich bin in Istanbul noch nicht gewesen! Ich finde, das ist schon eine Weltstadt. – Das lohnt sich! Zehn Millionen Einwohner! Arm und Reich! Alles haben wir kennengelernt! Und sehr, sehr ordentlich! Ordentliche Reiseleiterin, die hat uns an der türkischen Grenze abgeholt. Und hat uns dann vier Tage in Istanbul alles gezeigt. Es war sehr anstrengend, aber sehr schön! Vor allem war sie auch Moslem, aber sie war ein moderner Moslem! –

Wenn man das so bezeichnen kann. – Und sie hat uns, wenn wir in der Moschee waren, diesen Glauben so nahe gebracht. Wir haben auch eine Gebetszeremonie miterlebt. Das war ganz interessant! – Ja, jetzt können Sie ja reisen. – Ja, reisen durfte ich da noch nicht. Ich bekam von der BRD einen Reisepass. Bin zwei Tage früher hingefahren! Als wir nach Italien fuhren, war das schon genauso. Also, ich würde mal sagen, mit dem Pass, den ich hatte, hätte ich da nicht runter gedurft. Wir sind dann auch von der türkischen Polizei an der Grenze scharf kontrolliert worden. Hochinteressant war das. Vor allem haben wir gutes Wetter gehabt. Wir sind in der Schweiz über die Grenze nach Italien runter, rüber nach Venedig! Am Lago Maggiore vorbei! Und von Venedig sind wir dann nach Jugoslawien rüber, nach Zagreb, ist ja 'ne herrliche Gegend! – Also, so weit bin ich noch nicht gekommen. Aber die Gegend um den Lago Maggiore kenn' ich ganz gut! – Ja, wenn man ein Freund der Berge und der Bergseen ist. Da wird ja noch romanisch gesprochen. Herrlich! Ich liebe die Schweiz! Meine Freundin, die war jetzt drei Wochen in einem Seitental der Rhône da unten …

Ja, wenn ich noch mal fragen darf: Hier in dem Dorf, hat sich da in den letzten zwanzig, dreißig Jahren eigentlich etwas geändert? – Wir haben eine harte Zeit hinter uns! Über jeden Einzelnen … über jede einzelne Person wurde Buch geführt. – Ist das diese Kaderakte gewesen? – Kaderakte! Der Bürgermeister musste jedes Jahr über jede Person sein Gutdünken abgeben, und wir zählten zu den Personen, die nicht gerne gesehen waren. Haben uns doch nix zu Schulden kommen lassen! Ich hab' meinem Mann gesagt, dass ich mit denen nicht einverstanden bin.

Wir sind auch nicht zur Wahl gegangen, waren dann das schwarze Schaf.

Ja, wir sprachen gestern schon drüber, was mit den ganzen Leuten passiert, die dabei waren ... – Gar nichts passiert, die kriegen noch gute Renten! – Sind die jetzt quasi arbeitslos und kriegen eine Rente? – Ach, die arbeiten doch noch genauso weiter wie vorher! Dass das niemand begreift oder begreifen will. – Ja, also eigentlich hätte man sich denken können, dass so'n großer Apparat nicht von heute auf morgen aufgelöst werden kann. Die Leute können doch an Sabotage gar kein Interesse haben. Das schwächt doch die Wirtschaftskraft! – Es ist doch wichtig, dass der einzelne Mensch sich entwickeln kann, dass er zum Beispiel ein Unternehmen aufbauen kann. Der zahlt ja dann wieder Steuer an die Gemeinde.

Ja, aber wer hat dann noch Interesse daran, das zu untergraben? – Versuchen tun sie's aber! Sie wissen zwar, sie haben nicht viele Chancen, aber sie können es immer noch nicht lassen. Für die ist das noch nicht zu Ende. Für uns ja, aber für die nicht! Wir haben immer noch Angst, dass sich das jetzt wieder dreht! – Ja, wo wird denn etwas sabotiert? – Ja, gucken Sie doch! Die Bauern, denen wird doch nichts abgenommen. Es funktioniert nicht, es klappt nicht. – Warten Sie mal ab, ein halbes Jahr vielleicht noch ...

Wir kommen ja aus Westdeutschland, sind vielleicht etwas naiv. Aber als ich vor vier Jahren hier war, da habe ich mich mit den Leuten schon angelegt, und zwar besonders mit unserem Reisegruppenleiter. Da sind die merkwürdigsten Sachen passiert. – Ich werde Ihnen etwas sagen. Ich habe Post von einer Freundin bekommen. Der Brief war geöffnet! – Der ist offen zu uns hergekommen! Dann hab ich von einer Freundin ein Paket geschickt bekommen, mit gebrauchter Wäsche. Das kam an und war geöffnet!

Als ich das Paket auf der Post abgeholt habe, da hab ich gesagt: Das Paket ist geöffnet! Es ist nicht geöffnet, das ist schlecht verpackt, sagten die. Einen Brief aus Portugal, den haben sie sogar offengelassen. Deshalb musste so schnell wie möglich die Einheit her! – Vor allem, es wird dann so sein, dass man hier auch die Gesetze übernehmen muss. Und wenn sie die Gesetze übernehmen, dann haben sie auch Rechtsansprüche gegen den Staat.

Sven, Johanna

Als Johanna am nächsten Morgen in sein Auto stieg, fotografierte er sie beim Einsteigen durch die offene Tür. Sie hatte eine Hand auf dem Türflügel und lachte so herzlich, wie man überhaupt lachen konnte. Ihr Gesicht war eine einzige Lachmaske geworden, aber immer noch hübsch mit den zwei Grübchen rechts und links vom Mund, die beim Lachen schmal wurden. Sie hatte ein ärmelloses Shirt an, und auf ihrem linken Oberarm spiegelte sich die Sonne. Den klaren, blauen Himmel und die gegenüberliegende Häuserfront ahnte man im Hintergrund. Der neue Audi 80 erregte hier im Osten überall Aufmerksamkeit, alle hatten von dem Fahrzeug gehört, und viele Ossis sprachen ihn auf der Straße darauf an, wenn sie ein- oder ausstiegen. Es war ein schönes, graues Auto, das beste Fahrzeug, das er je besessen hatte. Sie parkten wieder vor der Baustelle und gingen weiter in die Stadt hinein. Auf einem Hochspannungskasten klebte ein Schild: „Wer sechsundsechzig Prozent in der Volkskammer hat, kann mit uns machen, was er will!! Keine Zweidrittelmehrheit!!" – Davor standen zwei Mülleimer, bis zum aufgeklappten Deckel gefüllt, beziffert mit W14. Auf einem Eimer klebte ein Schild: „Nur für Skins!" Auf die Hauswand dahinter hatte jemand zwischen die Fenster gesprüht: „DDR – Wir bleiben!"

Ein großes, zweistöckiges Haus mit Mansarde oben faszinierte sie. Der Putz bröckelte ab, und die ehedem weißen Fenster waren marode, auf jeder Etage fünf nebeneinander. Das Haus, das einzeln stand, glänzte hell in der Sonne. Im Erdgeschoss waren links und rechts zwei große Ladenlokale. Der linke Laden war verfallen. Rechts hatte sich ein neues Reisebüro eingemietet, die Fenster mit Prospekten und Plakaten fast zugeklebt. Weimar-Tour bietet an, stand da: Vermietung von Omnibussen, Bussen, Flugreisen, Ferienhäusern, Kreuzfahrten, Bahnreisen, Schiffsreisen, Clubtouren, Fahrtickets! Dieses einzeln stehende, große Haus, das das alte und das neue System auf einmal zeigte, hatte beide, Sven und Johanna, fasziniert. Die Straße dahinter mündete auf einen Markt. Dort war auf langen Tischen alles aufbereitet, was die Bürger bis dato hatten entbehren müssen. Vor allem Bananen reichlich, daneben Peperoni, weiß und grün, in ihren offenen Pappkartons, Äpfel, jede Menge und Größe, Salate in allen Schattierungen. Mehr konnte man dank der vielen Leute, die sich hindurchdrängten, nicht sehen. Johanna, die mitten durch das Gewühl lief, konnte sich nicht satt sehen. Ihre Mutter kam ja auch von hier. Neben ihr stand eine Frau in einem modischen Jeansrock und einem weißen Sweatshirt. Eine Frau mit einem Strauß weißer Gladiolen in der Hand versuchte, sich zwischen den beiden hindurch zu drängen. Im Hintergrund schöne hohe, alte Häuser der ehemaligen bürgerlichen Mittelschicht. Zurück auf die breite Hauptstraße. Der Schwanenbrunnen unter grünen Bäumen. Die steinernen Schwäne bogen ihre runden Hälse. Eine alte Frau saß auf dem Rand und ruhte sich aus. Ein Touristenpaar, offenbar Westler, sie im blauen Pulli und weißen Jeans, er auch hell gekleidet, die Leica um den Hals hängend, erklärten einer Touristin gerade etwas. Eine dicke Frau in grüner Bluse sah den Dreien zu. Es war eine beschauliche Atmosphäre unter den grünen Bäumen, und im Hintergrund hatte sich eine große Menschenmenge um einen Zauberkünstler versammelt, der auf der Straße sein Handwerk ausübte. Es schien, als hätte es das alte Regime nie gegeben.

Die Herder-Kirche, dieser dunkle, schwere, eckige Klotz mit den zwei spitzen Türmchen vorn und hinten. Das Schieferdach von der Sonne hell, der Bau darunter ganz dunkel im Schatten. Die vier Mauervorsprünge aus der Wand, zum Muschelkalk des gepflasterten Marktes hin. Ein gelber Trabbi stand vor der Litfaßsäule. Ein rostroter Kotflügel neu angeschraubt. Drei frischgepflanzte, dünne Bäumchen mit Drahtschutz. War das schon der Westen? Nur ganz wenige Leute. Der blaue Himmel, das helle Licht und der Schlagschatten, den die gegenüberliegende Häuserfront auf das Pflaster warf.

Sie gingen zum Carl-August-Denkmal, den Namen dieses Platzes hatte er vergessen. Vorne am Straßenrand hielt eine Kutsche aus der Goethe-Zeit. Zwei junge Leute saßen auf dem Bock. Zwei braune Haflinger waren angespannt. Vor der Kutsche stand ein Mann im hellen Hemd mit einem Einkaufskorb in der Hand und überlegte, ob er mit seinem kleinen Sohn zu einer Rundfahrt durch Weimar einsteigen sollte. Der Kleine hatte sich auf den Asphalt gesetzt und weigerte sich einzusteigen, obwohl sein Vater ihn am Arm nach oben zog. Das Denkmal stand links im Hintergrund. Sie gingen hinüber und sahen den martialischen Typen aus Bronze auf seinem Pferd. Der Künstler zeigte das Pferd im Schreiten, den linken Vorderfuß noch erhoben. Carl-August, mit Herrschergesicht, saß oben und hatte den bestiefelten Fuß im Steigbügel. Schon von weitem hatte die Statue ausgesehen, als bewege sie sich. Jetzt, aus der Nähe, verstärkte sich dieser Eindruck noch. Die mutige, erhabene Miene des Rosses und Carl-Augusts langer, schleppender Mantel, der weit über die Weichen herabfiel. Der Schweif auch fast bis zum Boden. Ein Ausdruck von Willen, Herrschsucht und Überlegenheit. Der Blick des Herrschers ins Weite gerichtet. Der Mann heftig in die Zügel greifend. Ein Bus von Idealtours parkte unmittelbar hinter dem Denkmal. Dahinter wieder eines der klassizistischen, zweistöckigen Weimarer Häuser mit den Mansarden obendrauf.

Sie waren danach noch zu Charlottes Wasserschloss in Kochberg gefahren. Er erinnerte sich an den sonnendurchfluteten Vorhof, die weißen Mauern und die rötlich umrandeten Fenster. Ein kleiner Brunnen mitten im Hof. Überall in großen Töpfen blühende Pflanzen. Die Schatten auf den Steinplatten des Bodens waren so dekorativ, dass er sie fotografieren musste. Er hatte auf dem Brunnenrand vor dem Eingang gesessen, in schwarzen Jeans und hellgelbem, kurzärmeligem Hemd. Die Ray-Ban-Sonnenbrille verdeckte seinen Blick. Auf den übereinander geschlagenen Beinen ein Heft, in dem er sich Notizen machte. Nicht weitab, im Schatten, lag die Hauskatze und sah ihn an. Der Schlosseingang war von einer grünen Pflanze, es war kein Efeu, über und über fast zugewachsen. Über seinem Kopf war in der weißen Wand ein rundes, bullaugenartiges Fenster gewesen. Als sie sich das Zimmer mit Goethes Schreibtisch für Charlotte angesehen hatten und er daran gezweifelt hatte, dass Goethes Autogramm auf dem Holz echt war, hatte die Führerin zu Johanna gesagt: „Es muss doch schrecklich sein, mit einem Lehrer verheiratet zu sein!" – Obwohl von Heirat zwischen ihnen keine Rede sein konnte.

Auf der Rückfahrt noch zum Weimarer Schloss! – Auch mit einem weiten, wüstenartigen, muschelkalkgepflasterten Innenhof. Im Vergleich zu den Wohnungen, die Goethe in Weimar inne gehabt hatte, phänomenal. Im Angesicht des weiten, dreiflügligen Gebäudes kam man sich vollkommen verloren vor. Verloren im Muschelkalk! Die Einsamkeit wie auf dem Meer. Rechts und links und in der Mitte die großen Torbögen für die Eingänge. Drei oder vier Menschen völlig vereinzelt im Schlosshof. Auch zu fast ebener Erde gab es Fenster. Die Fenster, wie auch bei einfacheren Häusern in Weimar, rot umrandet. Das Schloss war ein riesiger Kafkascher Wartesaal. Vom Schloss aus brauchte man nur über den Fürstenplatz zu gehen, dann war man schon an der Anna-Amalia-Bibliothek. Hier hatte sich Goethe oft Anregungen für seine Geschichten geholt. – Sie gingen hinein! – Überall Köpfe und Büsten berühmter Männer, nicht nur aus Weimar. Im Hintergrund vor den rund überwölbten Bücherregalen ein großes Bildnis des Herrschers. Im ersten Stock gab es auf einer Empore noch mehr Bücher. War das überhaupt eine richtige Bibliothek, so altmodisch wie sie war? – Aber es herrschte eine feierliche Atmosphäre.

Sie waren dann noch einmal kurz im Goethe-Haus eingekehrt. Vor einem Jahr hatte ein Redakteur des Südwestfunks ein Streitgespräch zwischen Sven und dem Leiter des Weimarer Goethe-Hauses inszenieren wollen. Literatur auf dem Prüfstand hatte die Sendung geheißen, und er sollte mit diesem Mann im Oktober 1990, also in zwei Monaten, über seinen Goethe-Brief, mit dem er einen der höchsten Literaturpreise aus Rheinland-Pfalz gewonnen hatte, diskutieren. Der Brief war ein kleines prämiertes Kunstwerk, und er dachte gar nicht daran, darüber mit so einem Typen zu diskutieren. Aber er wollte doch sehen, was das für einer war. Sie hatten an der Garderobe nach ihm gefragt und waren gleich durch ein System von weitläufigen Gängen in sein Büro geführt worden. Johanna hatte draußen gewartet. Der Beamte hatte in seinem hellgrünen Anzug, der wie eine Uniform aussah, hinter seinem Schreibtisch gesessen und sich mit ihm unterhalten. Er musste völlig perplex gewesen sein und hatte sich eine Zigarette nach der anderen angesteckt. Am gleichen Tag war in ihrer Unterkunft jemand aufgetaucht, der angeblich Franzose war und seine Sprache mit deutschen Wörtern untermischte. Der Typ hatte ihn ohne Worte bedroht, und versuchte sich ihnen bei ihren Weimar-Gängen anzuschließen, bis sie ihn schließlich abwimmeln konnten. Da hatte er ihnen nachgerufen, er habe im Algerien-Krieg gekämpft. Das war seine Begegnung mit dem Leiter des Weimarer Goethe-Hauses gewesen. Als er, wieder zu Hause, an einer Tankstelle seine Reifen wechseln ließ, hatte jemand von der Seite eine Schraube hineingedreht. Am nächsten Morgen hatten sie wieder bei Frau

Kriesche in der Küche gesessen und gefrühstückt. Der „Franzose" war verschwunden.

Sven, Johanna,
Frau Kriesche, Hellinger

Ein Mann namens Hellinger war am vorherigen Abend angekommen und saß mit ihnen am Küchentisch beim Frühstück. Er war dick und kahlköpfig und sagte kein Wort. Aber als das Gespräch auf die russischen Soldaten kam, die in kleinen Gruppen durch Weimar liefen, wurde er gesprächig.

Die Leute hier sind gar nicht gut auf die zu sprechen! – Gar nicht, gar nicht! Die armen Kerle, die können gar nix dafür! Die sind teilweise sehr nett, die gehen auch in Zivil aus, wenn sie einkaufen gehen. Die freuen sich. Aber die Leute wollen von ihnen nichts wissen. Kann man verstehen! Sie haben ja auch manchmal Pläne ausführen müssen … Da wurd' zum Beispiel ein Garten beschlagnahmt oder so was … Die Amis sind auch nicht beliebt. Ich liebe die Engländer zum Beispiel nicht. Ich war drei Jahre bei der NATO, Royal Airforce! Flughafen! Hochnäsig! Einmal: Morning Sir! Would you like some tea? Und am andern Tag ham se einem keine Antwort gegeben! Und dann so dreckig, speckig! Also, so würden bei uns Offiziere in Zivil nicht ausgehen! Hier fehlen irgendwo so'n paar Skinheads, da gäb's aber mal was! – Aber die DDR-Jugend, die ist ja viel braver als unsere. So geradeaus, wenn sie die sehen … Ja, die werden annulliert, ignoriert … Alles ganz anders als bei uns. Man kann sich da vorstellen, wie die Deutschen bei uns mal gewesen sind: So ein gutes, treues Volk, und dieser Charakterzug, der kommt meiner Ansicht nach von innen. Das hört man und riecht man, wie die Leute so geradeaus sind. Und die Ehrfurcht vor der Uniform! Wie damals in Preußen! Es gibt ja heute noch Postschaffner, wenn die 'ne Uniform anhaben, dann meinen die, man sollte vor ihnen stillstehen. Das ist mit der Uniform so bei den Deutschen! Da stehen manche am Telefon still, wenn sie mit dem Vorgesetzten reden! Mittelfinger an die Hosennaht! Ist bei mir nie passiert! Haben bei mir so oft brüllen müssen: Stehen Sie still! Da habe ich gelacht.

Wie wird sich das jetzt weiterentwickeln, dieses Gesamtdeutschland? – Kann man jetzt nicht sagen! Wenn ich 'n großer Magnat wäre, ich würde jetzt auch keine Investitionen dahin … Das liegt alles so darnieder. Ich hab' ja nun viel Korrespondenz mit drüben gehabt, und ich hab' schon vor Jahren Teile dessen prophezeit, was jetzt gekommen ist! Kriegsgefangenschaft ist mir erspart geblieben. Indem ich 'ne Operation mitmachen musste. Ich hatte en Wasserbruch, Heterozele, da konnten sie mich nicht mehr in Lettland operieren, und ich hatte noch en Wadendurchschuss, und da hat der Arzt gesagt, hier machen wir nix mehr. Da hat das rote R so gebammelt am Bauch, so 'ne Pappscheibe. Ab bin ich dann nach Liebau. Lijepaja sagen ja die Letten, und da ham wa noch ein Bombenangriff miterlebt auf'm Nachbarschiff. Elf Tote an dem Flakstand und ich nackig bei der Entlausung, da sind wir schnell in so'n Schuppen gerannt, da ham wir nix abgekriegt. Dann gings weiter. Dann kam ich auf'm Lazarettzug, nee, auf'n Schiff, da war Meldung von Kronstadt: Russische U-Boote wollen ausfahren, und da haben wir uns gratuliert. In unserem Dampfer, der auch nicht gemäß der Genfer Konvention war, waren Pressluftgranaten. Und es war als Lazarettschiff deklariert. Und dann sind wir dann nachts aus'm Hafen, stockdunkel, und da kam auf einmal Windstärke neun auf. Und alles bekotzte sich. Fuhr noch an meiner Heimat vorbei morgens um fünf, Glauchau, und sah von meinem Krankenbett oben fast an der Decke, wo ich noch zum Fenster so'n bissel raussehen konnte, um fünf Uhr morgens Licht bei meiner Mutter in der Küche.

Na, da kamen wa nach Altötting, da hatten wir natürlich nun Glück, das waren englische Fräulein, nannten die sich. So'n Nonnenladen! Nach der Mary Wards, die das gegründet hatte. Ich hab' noch welche ein paar Mal besucht. Einmal mit meiner Frau, wo ich beim Südwestfunk als französischer Nachrichtenübersetzer war. Ohne dass der Landrat was wusste, hab' ich meine Ferien dazu verwendet, da unten mal zu gucken. Hätte ich en Zimmer gehabt, wäre ich da unten geblieben. Meine Frau kam aus der DDR mit der Kleinen, die war zwei Jahre alt. Die hatte ich ja vorher noch gar nicht gesehen. – Da könnte man einen Roman schreiben, wenn man Zeit hätte. – Ich hab' ja nun im Krieg allerhand Städte erlebt, große Städte, Dnjepopetrowsk und Saboroschik und die Umgebung von Leningrad. Wenn man heute die Bilder von damals im Fernsehen sieht, kann man sich en Bild machen. Die Leute, auch wenn sie bloß drei-, vierhundert Mark nach unserem Geld verdienen, sehen alle sehr ordentlich aus. Aber bei Stalin, da liefen sie mit Sackleinwand. Wie beim Zaren, wie es in alten Romanen manchmal zu lesen ist. Und das Militär sah aus wie 'ne Banditenarmee. Während heute, das sind doch alles Lackaffen, die da rumlaufen.

Es gibt immer noch alte Nazis, dachte Sven, und das hier in Ostdeutschland. Diese Kriegsgeschichtenerzähler mag ich nicht. Er hoffte, dass der Mann bald abhauen würde und er sich mit Frau Kriesche über den merkwürdigen Franzosen vom Vortag unterhalten konnte. Er sah aus dem Fenster, es war eine völlig trostlose Gegend, in der sie da gestrandet waren. Vorne am Straßenrand parkten zwei große Jeeps. Wo sie die wohl so schnell herbekommen hatten? Die Straße machte eine Krümmung nach rechts, im begrünten Knick stand eine große Eiche, dicht belaubt. Die Häuser waren so, wie man sich die DDR vorstellte. Überall auf den Dächern noch die Fernsehantennen, nach Westen ausgerichtet. Vor einem Mäuerchen waren Dachziegel gestapelt. Ob sie den „Franzosen" noch mal sehen würden, wenn sie nach Weimar hineinfuhren? Als erstes gingen sie zum Eckermann-Haus, Markt 9, mitten in der Stadt, nicht weit von Goethes Wohnhaus entfernt. Das Haus lag in einer kleinen, engen Gasse und war völlig verrottet. Es war unbewohnt, und die Fensterrahmen fielen heraus. Die Fassade war total verschmutzt. Dicht daneben hatten sie eine KFZ-Werkstatt gesetzt. Kein Mensch war zu sehen. Die Gasse verengte sich gegen Ende so sehr, dass sie keine Lust hatten, weiterzugehen. Sie gingen zurück zur Esplanade, da war wenigstens Leben. Eine Straßenszene wie im Westen auf dem plattengedeckten Schaustück. Eine junge Frau, die ihr Fahrrad schob, unterhielt sich mit einem Mann. Dahinter saßen auf drei nebeneinanderstehenden Bänken Touristen neben DDR-Bürgern. Im Hintergrund ein Antiquariat, das noch aus der DDR stammte und daneben auch wieder ein neues Geschäft. Fahrräder standen überall an den Hauswänden. Alles überschattet von zwei mächtigen, dichtbelaubten Eichen. Es war eine schöne Szenerie, wie er sich bis jetzt in Weimar noch nicht wahrgenommen hatte. Auf ihrem Spaziergang fielen ihnen die schönen, verfallenen, ehedem großbürgerlichen Wohnhäuser auf. Eins ums andere Mal. Drei waren ihm besonders aufgefallen. Das erste dunkelgrau gestrichen und dreistöckig. Hatte zwei Säulen neben dem Eingang und einen spitzen Giebel darüber. Oben auf dem Giebel stand eine goldene Statue. Hier mussten wirklich reiche Bürger gewohnt haben. Über der glasdurchbrochenen Eingangstür eine goldene Inschrift, die sie nicht entziffern konnten, so abgeblättert war sie. An die rechte Seite des Hauses hatte man ein kleineres Bürgerhaus angeklebt. Gerademal zweistöckig und weißgestrichen. Der Anstrich schien neu zu sein. Das Ganze verschönten drei große Pflanzenkübel mit weißen und roten Stiefmütterchen im Vordergrund. Das zweite Haus, das ihnen aufgefallen war, war ebenfalls hoch und dreistöckig. Es war unbewohnt und die leeren, teilweise herausgebrochenen Fenster gähnten sie an. Die Tür stand offen. Man hatte das Haus, wahrscheinlich wegen Einsturzgefahr, in weitem Abstand mit Flatterband abgesperrt. In großen Flecken blätterte die Farbe ab, und darunter kam die gelbe Bausubstanz zum Vorschein. Zwischen dieses Haus und das nächste hatten sie einen grünen Plattenbau gequetscht. Das nächste Haus sah dem anderen ähnlich, nur waren die unteren Fenster mit neuen, hellbraunen Fensterrahmen versehen, während die oberen auch fast herausfielen. Dann lieber zurück in die Straßenszene der Esplanade. Die meisten Leute saßen immer noch auf ihren Bänken, als sei keine Zeit vergangen. Überall die alten Frauen mit ihren großen Einkaufstaschen, die er schon bei seinem DDR-Besuch gesehen hatte. Zwei Kinder, vielleicht elf Jahre alt, saßen nebeneinander auf einer grünen Bank. Der Junge spielte Cello, das Mädchen Geige. Neben sich auf dem Boden hatte sie ihren Geigenkasten aufgestellt, damit die Leute etwas Geld hineinwürfen. Sie trug ein rotes Mickey-Maus-T-Shirt und bunte Shorts, er ein weißes Shirt und kurze Jeans. Die beiden spielten vollkommen konzentriert und hingegeben. Und es kam doch die Frau im blauen Jeansrock, die sie am Vortag gesehen hatten, bückte sich und warf ein Geldstück in den offenen Geigenkasten. Ein Mann im weißen Blazer trat hinzu und wollte es ihr nachmachen. Rechts auf der Straße hatten sich ein paar Leute versammelt und hörten der Musik zu. Das war also Weimar. So hatte er es sich eigentlich auch erträumt. Nach der Wende.

Sven, Johanna,
Frau Kriesche, Hartmut

Als sie um halb vier wieder zurück in Gelmeroda waren, saß am Kaffeetisch ein neuer Mann, der mit seinem Vornamen, Hartmut, angeredet werden wollte. Johanna hatte schon morgens, weil sie Augenschmerzen hatte, ihre Haftschalen abgenommen und ihre Brille angezogen. Mit der großen, plastikgerandeten Brille auf ihrem schmalen Gesicht sah sie aus wie eine Sekretärin, so nach innen gerichtet und konzentriert, in ihrer hellblauen Bluse.

Hartmut erzählte, dass er gerade von Ostberlin gekommen sei, um sich Weimar anzusehen. Als Sven ihn nach seinem Beruf fragte, sagte er, er sei „beim Staat" angestellt gewesen.

Es war für mich ja so ziemlich das erste Mal, sagte er, dass ich mit bewussten Augen von Ostberlin zu euch rübergekommen bin. Was heißt zu euch, jetzt demnächst zu uns! Haha! – Mir würde es genauso gehen, wenn ich mit ein bisschen Abstand meine erste Reise nach, sagen wir fast dreißig Jahren machen würde, sagte Sven.

Wobei wir auch noch überlegen, sagte Hartmut, raus aus Berlin. – Ja, aber wohin denn? – Ach, das wird sich finden. – Ins Umland? – Ein Stückchen weg, ein Stückchen weg! Entweder nach Sachsen runter oder … Berlin wird sich jetzt dermaßen verteuern … Dann ist das auch keine Lebensqualität mehr, weil die Blechlawinen zunehmen. Das waren wir ja bisher nicht gewöhnt. Alles Neugierige! Und unsere Leute kaufen Autos wie die Wilden. Man könnte mich natürlich als ausländerfeindlich einstufen, aber gegenwärtig ist, zumindest der Ostteil, noch völlig überschwemmt von Rumänen, Polen, Sinti, Roma. – Ich hab' im Fernsehen gesehen, dass die DDR, solange sie noch DDR ist, jetzt Zuwandererland geworden ist, ganz schnell. – Das merkst du schon am Stadtbild. Jetzt sind sie rund um Berlin angesiedelt. Vielleicht in 'nem halben oder dreiviertel Jahr sagen sie: Nu haben wir die Nase voll von Berlin und ziehen weg. Aber im Augenblick ist es so. Da haben ja im Polen-Markt täglich etwa fünfundzwanzigtausend Polen in Westberlin auf'm Markt gehandelt. Wenn du im Brandenburger Tor Richtung Siegessäule gefahren bist, etwa vier Kilometer Straße, standen rechts und links nur Busse, die früh kommen und abends wieder zurückfahren.

Alles sogenannte Ausländer. – Ich denke, der Ostteil, so nennen wir ihn nun mal, der wird doch zu relativ schnellem Wohlstand kommen. Da kann vielleicht jetzt mal für 'ne Übergangsphase der Markt zusammenbrechen. Ist schon passiert, ist schon passiert! Es gab bei uns so gut wie keine Butter mehr. Ratzekahl leer die Läden. Ja gut, das kann sich nächste Woche ändern. Wenn das tatsächlich durchgesetzt wird, was die Bundesregierung will, nämlich die elf Prozent Zollauflage zum Verkaufspreis, den die Händler für Produkte aus Westdeutschland abführen müssen. Innerdeutscher Zoll, damit unsere Betriebe, also die Ostbetriebe, für 'ne gewisse Übergangszeit Zeit haben, selber zu produzieren. Aber die Leute setzen sich in die S-Bahn und fahren eben zum Aldi-Markt am Brandenburger Tor und gehen dort einkaufen. Im Augenblick ist also mit der Wirtschaft der Teufel los. Äh, völlig unkontrolliert alles. Das ist ein Syndrom, das im Grunde auf die vierzig Jahre unserer Entwicklung zurückzuführen ist. Man hofft, dass es sich gibt. Du musst einfach das Qualitätsbewusstsein ein bisschen schärfen. Das zweite Problem ist: Wir werden nach dem zweiten Juli in Größenordnungen mit Arbeitslosen zu rechnen haben. Schätz' mal, wie viel? – Ich würde sagen so zwei Millionen auf jeden Fall, in relativ kurzer Zeit. – So, und bei dem Rest sinkt das Lebensniveau, weil die zwar DM in den Hand kriegen, aber die Reallöhne sinken. Jetzt soll erstmal ein Gesetzentwurf durch die SPD und die Grünen eingebracht werden. Der geht davon aus, dass all die, die vorher mal im Staatsapparat tätig waren, unabhängig von ihrer fachlichen Kompetenz, sagen wir mal, aus öffentlichen Ämtern entfernt werden. – Das ist der größte Fehler, den ihr machen könnt'! – Das ist die den Deutschen eigene Radikalität. Mit solchen Schritten versucht man, Vergangenheit zu bewältigen, ohne jegliche öffentliche Diskussion. Aber offensichtlich kommt die Sache nicht durch. – Das wusste ich überhaupt nicht. – Sehen Sie, das weiß man hier gar nicht. Das ist auch bisher nicht offiziell publiziert worden. Das sind Insider-Informationen, wie man so schön formuliert. – Ja, und dann darf man sie dann vier Wochen später im Spiegel lesen. Der Spiegel weiß es ja sowieso zuerst. – Ja, bis er es dann dementieren muss.

Hier musste endlich etwas getan werden! Seit dem Treffen mit dem Leiter des Goethe-Hauses fühlte er sich auch in Weimar nicht mehr sicher. Ich hätte zum Leiter des Goethe-Hauses nicht hingehen sollen, dachte Sven. Was der wohl von mir gedacht hat?

Dieser Redakteur hat meinen Goethe-Brief da hingeschickt, um eine publikumswirksame Sendung mit dem und mir zu machen. Ost und West! – Wie die sich streiten! Ich habe vor zwei Jahren in dem Brief nur geschrieben, was ich selbst erlebt habe. Vieles auch nicht, weil es Klischees bedient hätte. Der Osten ist der Nachbar, und die Nähe macht alles aus. Sie werden austesten, ob Amerika dann noch bereit ist, sich für Europa in die Schanze zu schlagen. – So lange die alte Generation, die noch den Krieg erlebt hat, an der Macht ist, wird sich nichts ändern, dachte er. Ja, sie waren deutsch hier. Jedenfalls was Nietzsche als deutsch empfunden hatte. Hier lebte das originäre Deutschtum von Ritter, Tod und Teufel weiter. Und den von Nietzsche geforderten Mut zum Ungewöhnlichen und zur Tradition gab es hier auch. Die nächsten fünfundzwanzig Jahre würde sich das zeigen. Da war er sich sicher. Nietzsche hatte Goethe verehrt wie kein Zweiter, er hielt Eckermanns Gespräche mit Goethe für das beste Buch überhaupt. Hier in Weimar hatten die Gespräche stattgefunden. Hier aus Weimar war Goethe die letzten neun Jahre nicht mehr weggekommen! – Deutschland musste in Europa, in der Welt, aufgehen, um endgültig frei zu werden. Den germanischen Lebensernst musste es verlieren. Diese Deutschen hier würden leben, was sie „wussten".

Er erinnerte sich, dass im Treppenaufgang des Goethe-Hauses in einer Wandnische ein schwarzer, gekrümmter Hund aus Ton oder Porzellan gestanden hatte. Was sollte das? War das „schön"? Sie waren in eines der anderen Zimmer gegangen, da hatte er mit der Canon einfach draufgehalten und hatte, mit niedriger Belichtungszeit, Johanna im Gehen erwischt. Man sah auf dem Foto einen Rest von ihrer Gestalt und dann die verwischte Bewegung. Sie hatte erst beidfüßig dagestanden und dann einen Schritt nach vorne gemacht. Obwohl das Foto verwischt war, hatte die Bewegung vor dem bemalten Schrank doch etwas eigenartig Faszinierendes. Die Möbel waren perfekt wiedergegeben, auch der schmale, dunkelrote Fries an der Decke. – Er erinnerte sich noch an das grün gestrichene Zimmer, in dem linker Hand ein großer, offener Schrank für Goethes Bildmappen gestanden hatte. Davor ein runder Tisch. Dahinter, an der Wand, eine fünfgeteilte, schmale Vitrine. Die drei oberen Fenster verglast, darunter zwei große Schubladen. Der ganze Raum war voller Bilder in dunklen Rahmen gewesen. Aber er hatte darauf keinen Zeitgenossen erkannt. Sie hörten sich noch den Vortrag eines Stummelzähnigen über das Goethe-Haus an. Aber dessen Geschichte interessierte ihn gar nicht. So wie er hier stand, wollte er Goethe in sich aufnehmen, begutachten und innerlich davontragen. Er war eigentlich nicht wegen der Einheit gekommen. Goethe begann ihn immer stärker zu interessieren. Goethe hatte sich hier einen richtigen Fuchsbau geschaffen, mit den vielen Durchgangszimmern und die riesigen Sammlungen in den Wandschränken. Die Figuren aus Porzellan, Ton und Bronze, Stiche, Bilder, Mineralien, Münzen. Er musste eine, für damals enorme Weltkenntnis gehabt haben.

Frau Kriesche, Sven, Johanna

Am nächsten Morgen in der Küche merkten sie, dass Frau Kriesche etwas auf dem Herzen hatte. Ihr Sohn Lukas hatte kurz mit am Tisch gesessen, hatte seine Mutter angeblickt und war dann aufgestanden und gegangen, als die Frühstücksgäste herunterkamen. Hellinger und Hartmut waren wohl auch schon unterwegs in Weimar.

Sie fragten, ob sie helfen könnten.

Am ersten Juli ist ja die Wirtschafts-, Währungs- und Sozialunion in Kraft getreten. Da tritt ja zum Teil schon BRD-Recht ein. Das kennen wir ja noch gar nicht!

Ist was mit Ihrer Tochter?

Mit meiner Schwiegertochter! Sie sagte neuerdings jeden Tag, dass sie den Lukas nicht mehr will. Dabei haben sie doch ein kleines Kind. Du kannst ihn haben, sagt sie, dich liebt er ja sowieso mehr als mich. Da habe ich gesagt, Marlene, du spinnst. Ich bin die Oma, du bist die Mutter. Und dann haben wir, mein Ältester mit seiner Frau und unser Lukas und mein Mann mit Engelszungen geredet. Nun hat sie die fixe Idee, sie will frei sein, der Mann stört, und das Kind stört noch mehr. Vor zwei Wochen ist sie ausgezogen, von einem Tag auf den anderen.

Und wovon lebt sie?

Wissen wir nicht. Sie hat eigentlich Altenpflegerin gelernt, aber nicht bis zu Ende. Sie ist ein bisschen arbeitsscheu, und was sie nun macht, weiß ich nicht. Jetzt hat mein Sohn die Scheidung eingereicht, weil er gesagt hat, was soll ich mit dem Kind alleine, wenn sie nicht mehr wieder kommt. Er wird auch was anderes finden. Er ist ein netter Kerl. Im Augenblick ist er am Boden zerstört und auch ziemlich weiberfeindlich. Aber das gibt sich wieder. Jetzt hat er die Scheidung eingereicht, und daraufhin hat sie eine Unterhaltsklage gegen ihn angestrengt, über einen Rechtsanwalt. Anfang Juni hatten sie einen Termin wegen der Unterhaltsklage und da mussten beide Parteien mit ihren Rechtsanwälten hin – grauenhaft! Und da mussten sie vor allen möglichen und unmöglichen Leuten, die nicht verstehen konnten, dass die Frau davonläuft, aussagen. Der Lukas wollte sie anfangs gar nicht heiraten. Er hatte beruflich so viel vor. Aber dann war das Baby unterwegs, dann hat er also doch geheiratet. Jetzt ist der Kleine natürlich so weit, dass er dauernd nach dem Vater und der Mutter fragt, warum das, warum das? Der ist so interessiert an allem, und mir macht das so einen Spaß, den Kleinen clever zu machen. Ja, wir haben viel Spaß an dem Kleinen. Gut, er ist noch nicht sauber. Aber das ist vielleicht auch die Folge von der ganzen Sache. Das Kind hatte ne böse Magengeschichte und drei Wochen lang Durchfall, und jetzt ist er, praktisch seit Mitte des Monats, bei uns, und seitdem isst er wieder. Er hat jetzt auch wieder zwei Kilo zugenommen. Zwei Jahre und fünf Monate ist er alt. Wir hatten damals unserem Lukas abgeraten, sie zu heiraten. Aber welcher junge Mann hört auf seine Eltern, keiner! Heirat ist auch eine Vernunftsache. Aber Lukas hat gesagt, nun kriegt sie das Kind und zahlen will ich nicht, ich heirate sie. Und mein Mann hat gesagt, die ist nicht nur arbeitsscheu, die ist faul. Wenn nur die Wirtschafts- und Sozialunion nicht gekommen wäre. In der DDR musste jede Frau für sich sorgen. Ihre Schwester ist auch zweimal geschieden, und jetzt ist sie dem dritten Mann davongelaufen. Die hat gesagt, alle drei Jahre einen neuen Mann, sonst halte ich das nicht aus, und das hat sie bis jetzt durchgeführt. Gut, das macht sie dreimal, und dann kriegt sie keinen mehr. Und jetzt fängt die Marlene auch so an. Wir nehmen auch an, dass die Elfie sie aufgestachelt hat und gesagt hat, guck' mal, was das für ein freies Leben ist, ohne Mann, kannst du machen, was du willst. Sie hat aber schon wieder einen Freund, einen Wehrpflichtigen, also die Haare sträuben sich.

Nun gut, das wird auch nicht lange dauern.

Unser Lukas hat keine müde Mark herausgerückt, und wir haben gesagt, wenn die dich und das Kind alleine lässt, bezahlst du nichts. Die Klage ist abgewiesen worden, und sie muss jetzt die Prozesskosten bezahlen, das hat er schriftlich gekriegt, also er braucht keinen Unterhalt zu bezahlen, und die Unterhaltsklage der Frau Marlene Kriesche ist abgewiesen worden.

Das finde ich richtig.

Hören Sie mal, die ist zweiundzwanzig Jahre, wohnt in einem möblierten Zimmer, die kann doch wohl acht Stunden am Tag arbeiten gehen!

Die wird ja vielleicht auch irgendwo arbeiten. Die wird doch nicht den ganzen Tag in ihrer Bude hocken. Verkäuferin vielleicht, aber das ist auch nicht gerade das Gelbe vom Ei. Die hätte tausendfünfhundert DM freies Geld gekriegt, und das ist ja für den Anfang auch schon was. Also am zweiten Mai sollte sie anfangen, und sie ist nicht erschienen, hat nicht abgesagt, nichts. Und da hat der Arbeitgeber meinem Sohn geschrieben und wollte wissen, was los ist. Und dann ist mein Sohn hingefahren und hat dem die Sache erklärt.

Die scheint ja nun wirklich echt blöd zu sein. Hat sie denn auch noch unterschrieben?

Ja, alles fix und fertig. Da kann mein Sohn noch froh sein, dass sie da so rausgekommen ist. Die hatte ja en kaputtes Knie, und zu den zwölf Behandlungen für die Fango-Packungen ist sie auch nicht hingegangen. Und dann hat die Physiotherapeutin bei meinem Sohn angerufen. Weiß ja keiner. Ich mein', wir haben es auch keinem erzählt, dass sie abgehauen ist. Was soll man dem Jungen den Kopf schwer machen. Hier hat es sich sowieso überall herumgesprochen. Vor ein paar Wochen hat sie noch abends von neun bis halb zehn mit mir telefoniert, wie mein Sohn zum Lehrgang war und hat gejammert, ach, sie ist so einsam und so alleine. Und da habe ich sie immer noch getröstet und gesagt, du kannst ja zu uns in den Garten kommen, mit dem Kind und dann trinken wir Kaffee. Das wollte sie auch nicht. Naja, und um halb zehn hat sie dann meistens gesagt, jetzt gehe ich noch duschen und dann gehe ich ins Bett. Hat den Hörer hingelegt und ist in die Disko gegangen, und das Kind war die halbe Nacht alleine und wir haben das nicht gewusst. 'Ne verheiratete Frau! In der ganzen Zeit jetzt hat mein Sohn den Meister gemacht. Und ich schätze, warten Sie mal ab, sie wird in einem, vielleicht in einem dreiviertel Jahr wieder denken, ich kann wieder zurück. Die bereut das eines Tages, dass sie weggegangen ist. Aber die ist jeden Abend in einer Disko gewesen und hat bis jetzt sein Konto so überzogen, dass er viertausend Mark Schulden hat. Und er hat das bis jetzt nicht mal gemerkt. Und wie er dahin kam, da haben sie gesagt, so und so viel Minus, da ist er von einer Ohnmacht in die andere gefallen, da hat er in Windeseile das Konto sperren lassen. Das ist ein chaotischer Trip, den sie da macht. Das hat keinerlei Zukunft, keine Perspektive. Ich hab' gesagt, die ist nicht aufs Knie gefallen, die ist auf den Kopf gefallen, 'ne Ecke ab. Sie wird sich wahrscheinlich selbst für die Klügste und Cleverste überhaupt halten. Vor allem, ob sie nicht daran denkt, dass sie mal älter wird? Die muss doch aufpassen, wegen Aids. Was glauben Sie, was ich mit meinem Mann im Dreieck gehüpft bin, vorausgesetzt, die hat mit anderen Männern was angefangen. Was man ja nicht weiß. Hat sie aber, hat sie aber. Hat sie ja vorm Richter zugegeben. Mein Sohn ist kopflos, hatte doch keine Ahnung. Dass sie es zugegeben hat, war ja besonders doof. Und hat noch Namen und Adresse, alles genannt.

Ihr Sohn braucht mehr Selbstbewusstsein!

Also er will nicht mehr. Jetzt hat er es auch durchgesetzt, und sie hat hier vor dem Richter aufs Kind verzichtet. Der Mann kann das Kind haben. Normalerweise sind Richter sehr mutterfreundlich und geben der das Kind auch. Und dann haben wir gesagt, Junge, wenn's nicht klappt, gehen wir in die nächste Instanz. Da kam ein Mann vom Jugendamt und hat sich die Wohnung angeguckt und das Kinderzimmer, und jetzt hat er am einundzwanzigsten September einen Termin für Sorgerecht. Und nun sind alle guten Mutes, dass er das Kind behält. Sie können ihn doch nicht vom April bis September das Kind überlassen und sich es dann plötzlich anders überlegen ... Ja, was das Leben alles so schreibt. Die hat es doch gut gehabt. Der hat die Hausarbeit gemacht, der hat den Schriftkram gemacht. Hätte er besser nicht gemacht. Der hat sich auch um das Kind gekümmert, ist einkaufen gefahren, so gut ist es mir Zeit meines Lebens noch nicht gegangen. Da bin ich auch gar nicht der Mensch dafür. Gut, ich lass' mich auch mal gerne bedienen, setz' mich mal hin und halt' die Beine hoch. Das kann man ja ein-, zweimal machen. Aber die war ewig krank, und das hat sie ausgenutzt. Mein Mann hat schon oft zu ihm gesagt, wenn das meine Frau wäre, der würde ich die Flötentöne beibringen, aber die hat heute das, morgen das und übermorgen was anderes. Grauenhaft!

Da würde ich an seiner Stelle echt cool bleiben, der hat die besseren Karten.

Er ist im Moment bitterböse und sehr enttäuscht. Es war wohl seine erste große Liebe. Aber ich bin überzeugt, mein Mann auch, dass das mit der nicht gutgeht. Und wo landet sie dann? In der Altstadt von Weimar, und dann? Dann hat sie Aids und stirbt ganz schnell. Ihre Eltern waren bitterböse, und der Vater rückt kein Geld heraus. Und ihre Geschwister sind alle verheiratet. Da kann sie nichts erwarten. Und ihre Schwester, die nun wieder in Scheidung lebt, hat selber nichts, und die Brüder sind verheiratet, die können ihr auch nichts geben. Also wir wissen nicht, und unser Lukas weiß es auch nicht, wovon sie lebt. Da wird sie wahrscheinlich mit ganz wenigem auskommen müssen. Sie hat jetzt wieder einen Soldaten, aber gelernt hat der auch nichts. Aber der wird von seinem Vater unterstützt, der schickt jeden Monat Geld. Der ist wohl in Halle an der Saale irgendwo in so einer leitenden Position. Und wenn der Sohn von der Armee weg ist, will er in die Computerbranche. Lukas hat jetzt seinen Meister. Jetzt macht er noch Autosachverständiger, ist doch gut. Da kann er sich irgendwann mal selbstständig machen. Jetzt schwebt ihm vor, erstmal in ein großes Industrieunternehmen zu gehen und sich später selbstständig zu machen. Und mein Mann hat gesagt: Wunderbar, du hast von der Pike auf gelernt, du kannst alles, dir kann keiner was vormachen, das ist eine wunderbare Idee. Schauen Sie mal, und so einen Mann lässt die sitzen, also die kann doch nicht normal ticken. Er hätte ihr doch ein geordnetes Leben bieten können. Und wir haben immer gesagt, wenn der Christian in den Kindergarten geht, dann kannst du halbtags arbeiten, kannst dir was suchen. Aber irgendjemand hat ihr wahrscheinlich die Flöhe vom schnellen Geld ins Ohr gesetzt. Die träumt, dass sie mal einen Millionär heiratet, aber die weiß gar nicht, dass Leute, die sehr viel Geld haben, oft sehr geizig sind. Wir konnten ihn doch nicht zwingen, diese Frau nicht zu heiraten, wenn er sie will.

Wir haben sie ja kennengelernt in dem einen Jahr vor der Ehe. Sie war faul, faul, faul! Der Lukas ist mit meinem Mann in den Garten gegangen oder hat am Auto gemurkst, und sie hat sich auf sein Bett gelegt, sie ist so kaputt, wahrscheinlich vom Nichtstun, vom Rumlungern! Es hat mich gestört, dass sie jedes Wochenende bei uns in der Wohnung gehockt hat und nichts getan hat, und die Woche über nichts getan hat. Sie hat immer gesagt, sie kriegt nichts. Und dann war sie in anderen Umständen, und da war sie wirklich krank mit dem Kind. Ich hab' sechzehn Stellen für sie gefunden. Alles hat sie abgelehnt, nicht hingegangen, oder sich so doof angestellt, dass man sie nicht genommen hat. Und da habe ich zu meinem Mann gesagt, jetzt ist Schluss, ich blamier' mich doch nicht. Da kann man doch von Glück sagen, dass das jetzt gekommen ist und nicht in zwei oder drei Jahren. Lukas ist jung genug, um nochmal neu anzufangen. Er kann noch dreimal neu anfangen. Eine Frau findet der immer. Aber nun muss er ja eine Mutter fürs Kind suchen. Da kann die neue Frau direkt in die neue Aufgabe hineinwachsen. So ein Kind kann man doch erziehen, und außer dem Kind kann man doch noch was machen. Vor allem muss sie einen Beruf haben. Irgendeine Ausbildung. Jetzt hat er auch noch 'ne Achtzehnjährige, die ist doch viel zu jung.

Er braucht sie ja nicht gleich zu heiraten, aber sie ist doch gut als Ablenkung.

Aber sie wohnt weit weg, in Erfurt. Das ist ein nettes Mädchen, die lernt Apothekenhelferin. Ist noch in der Lehre, auch aus gutem Elternhaus. Der Vater ist irgendwo angestellt, und die haben auch ein Häuschen. Hat nur noch einen Bruder. Also aus einem wirklich geordneten Elternhaus kommt die. Gut, sie ist erst achtzehn. Und er ist noch immer nicht geschieden, weiter kann man sowieso nicht denken.

Lassen Sie den Jungen doch. Warum soll er denn jetzt sofort wieder an die nächste Heirat denken.

Die muss noch eineinhalb Jahre lernen und macht jetzt den Führerschein. Jetzt hat er wenigstens Jemanden, mit dem er Spaß hat und der auch nett zu dem Kind ist. Und er kommt ein bisschen raus. Unser Lukas, der gutmütige Tropf, der allen Leuten nur helfen will. Vielleicht ist er zu gutmütig. Wir haben gesagt, du hast sie zu sehr verwöhnt. Und neulich habe ich zu meinem Mann gesagt, ich weiß nicht, wieso du weiße Schläfen hast. Er hat mich nur angeguckt. Keinen Ton gesagt. Der tut mir bitter leid, denn der hat die Marlene wirklich gern gehabt. Und wenn wir dem Lukas gesagt haben, sie könnte mal dies und jenes tun, dann hat mein Mann immer gesagt, die ist doch noch so jung, die lernt das noch. Und jetzt ist er am meisten angeschmiert, weil er so guten Glauben von ihr hatte.

Vielleicht lässt sich noch was rückgängig machen?

Mir und meinem Mann würde das schon helfen. Also wenn sich das was rückgängig machen ließe ...

Wir verstehen was von Psychologie, sagte Johanna, ich bin ausgebildete Juristin und Mediatorin. Etwas Gutes wollen wir diesem Land noch erweisen. Ich und Sven, wir fahren mal hin.

Nach diesem Bericht wussten sie, dass sie sich heute wohl um Goethe nicht mehr viel würden kümmern können! Frau Kriesche beschrieb den beiden genau den Weg zu Marlenes Wohnung.

Ich habe ja selbst Ressentiments, dachte Sven während der Fahrt. Ich habe ja von meinem zweiten bis zu meinem fünften Lebensjahr hier gelebt. Zusammen mit meinen Großeltern und meiner Schwester. Meine Mutter war ja dauernd unterwegs zwischen der russischen und der französischen Zone. Die DDR gab es noch nicht. Es war nicht ungefährlich, wie die Mutter schwarz über die Zonengrenze ging. Und dann die Adenauer-Zeit mit ihren Wahlplakaten. Als Stalin starb, wurde darüber bei uns zu Hause, schon im Westen, auch in der Arbeitsstelle meines Vaters, nur geflüstert. Ebenso über den Tod Thomas Manns. Der hatte meinen Eltern vorgemacht, wie man sich einem diktatorischen Regime gegenüber verhielt. Aber auch erst recht spät. Mein Vater hatte nur gesagt: Der Kaiser war ein Dummkopf, und Hitler war ein Verbrecher. Er war in russischer Kriegsgefangenschaft nach nur vier Monaten Volkssturm, viel besser behandelt worden als die russischen Kriegsgefangenen in Deutschland, die teilweise ermordet worden waren. Wir müssen diesem Land helfen, und das können wir am besten, wenn wir dem Einzelnen helfen. Wir brauchen eine neue Sprache des Umgangs miteinander. Auch die Bitterkeit muss weg.

Johanna, Sven, Marlene

Es war irgendwo südlich in den Außenbezirken, wo Weimar noch ganz DDR war und wo sie einmal in ein Haus der Jugend gegangen waren, um dort zu essen, und gleich wieder hinaus gegangen waren, so waren sie dort angesehen worden. Es war das linke von zwei zweistöckigen Häusern, gelbgestrichen und die zwei Balkone zu Wintergärten umgebaut. Efeu wuchs bis hoch hinauf, um die ganze Breite der Balkonfensterbank rankten sich rote und rosa Hängegeranien herab. Davor schützte ein dünnes, schmiedeeisernes Gitter vor Eindringlingen. Die Dachrinne war abgebrochen. Sie klingelten, und eine junge Frau, wohl eben die Schwiegertochter, machte ihnen auf. Sie sah sie an wie Gespenster, sah natürlich sofort, dass sie aus dem Westen kamen.

Sie stellten sich vor: Sven Brendler, Johanna Rudolph! Wir sind Pensionsgäste von Frau Kriesche und haben von Ihnen und Lukas gehört. Meine Frau kann gut auf andere Menschen eingehen. Vielleicht können wir vermitteln.

Die junge Frau sagte immer noch nichts, sondern schaute ziemlich erschrocken.

Ich brauche niemand, sagte sie.

Sie sind zu hübsch, um hier allein zu leben, sagte Johanna.

Es gibt viele solche Frauen. Langsam wich Marlene von der Tür zurück und ließ die beiden eintreten. Das Zimmer, rechter Hand, war vollgestopft mit alten Möbeln.

Meine Lehrstelle als Altenpflegerin ist weg. Bei Boeker und Hart hätten sie mich sofort genommen, aber dann hätte ich anderthalb Jahre lang Lehrgang machen müssen. Ich will praktisch nur unter Menschen, und in dem Fall ist es mir egal, wo ich arbeite. Mir geht's darum, dass ich was anderes sehe und dass ich erzählen kann. Außerdem ist Lukas ein Muttersöhnchen. Ich weiß gar nicht, ob ich ihn überhaupt noch mag. Ich habe bei denen praktisch alles gemacht, Abwaschen, Putzen, auch mal den Fußboden.

Lukas ist bei seinen Eltern in eine Zwickmühle geraten, sagte Johanna, die müssen erst noch lernen, ihre Gefühle richtig wahrzunehmen. Ich kann verstehen, wie Sie sich gefühlt haben.

Ich war für die nur faul, faul, faul! Für Kinder bin ich praktisch immer zu haben. Das macht mir echt Spaß. Aber das hier, das war mein Kind und nicht das Kind meiner Schwiegermutter. Sie fing plötzlich an zu weinen.

Wenn Sie Ihre Bedürfnisse nicht ernst nehmen, tun es andere auch nicht, sagte Johanna. Sie haben wahrscheinlich nie gesagt, was Sie wollen!

Ich hatte in dieser Familie immer das Gefühl, dass ich ersticke. Ich musste einfach so schnell wie möglich raus! Und Lukas und seine Eltern waren eine Einheit. Deshalb habe ich einfach gar nichts gesagt.

Seine Eltern konnten das, was hinter Ihrem Schweigen stand, nicht verstehen. Aber sie haben sich über das Enkelkind gefreut.

In diesem Augenblick wurde Marlene gelöster. Meine Schwiegermutter meckert doch nur, sagte sie, das könnte man besser machen und das gehört in die Mülltonne.

Sie müssen herausfinden, was andere Menschen tun können, damit Ihr Leben besser wird. Nehmen Sie nicht alles hin, sondern behaupten Sie sich auch einmal.

Ich möchte nicht einfach nur einen Platz in der Gesellschaft einnehmen, wie damals.

Ich habe viel davon gehört, sagte Johanna.

Ich muss den Verstand leermachen und mit dem ganzen Wesen zuhören, dachte sie. Nur keinen Rat geben oder beschwichtigen.

Brauchen Sie mehr Zeit, um mit dem Problem fertigzuwerden?

Sven stand daneben wie ein Fremder.

Zum ersten Mal lächelte die junge Frau. Ich habe schon nebenbei beim Roten Kreuz gejobbt, sagte sie, das hat meine Schwiegermutter nicht gewusst!

Mit Ihrer Intelligenz können Sie doch überall etwas finden. Wahrscheinlich hätten Sie gerne mehr Anerkennung bekommen?

Lukas' Vater hat mich akzeptiert, seine Mutter hat mich abgelehnt.

Das hatte Johanna bei den Worten von Frau Kriesche auch gedacht.

Sie wurden also von Lukas' Mutter nicht akzeptiert?

Sie hört mir nie zu, sagte Marlene, und wenn ich ihr das sage, streitet sie es ab.

Fühlen Sie sich dadurch entmutigt?

Ja, sagte Marlene. Das muss einen ja zurückwerfen.

Das klingt, als seien Sie sehr wütend.

Ich verdiene auch Respekt, obwohl ich erst zweiundzwanzig bin. Jedes Mal werde ich niedergemacht, wenn ich den Mund aufmache. Diese Frau hat ein Schandmaul.

Die meisten Leute merken gar nicht, dass es Einfühlung ist, die sie brauchten, dachte Johanna. Sven hatte genug Verständnis, um zu sehen, dass er nicht an der Reihe war.

Jetzt schweigen alle drei ein paar Minuten.

So schlecht war der Lukas eigentlich gar nicht, sagte Marlene, er hat oft für andere Leute Holz gehackt.

Ich mache mir große Sorgen um Sie, sagte Johanna.

Seine Mutter soll sich bei mir entschuldigen, so wie Sie ist noch niemand mit mir umgegangen!

Johanna sagte: Jetzt fahren wir zurück zu Frau Kriesche und machen sofort einen Termin.

Das Kind ist auch ein Teil von mir, sagte Marlene.

Die Ursachen von allen Konflikten sind Missverständnisse, sagte Johanna.

Eine halbe Stunde später saßen sie wieder bei Frau Kriesche in der Küche. Sie berichteten von ihrem Vermittlungsversuch, und Frau Kriesche sagte zu Johanna: Was nützt es, mit ihr zu sprechen? – Die hört sowieso nie zu.

Haben Sie das Gefühl, Ihre Schwiegertochter versteht Sie nicht?

Ich möchte auch gerne gehört werden. Unser Sohn ist immer noch Teil unserer Familie.

Je klarer Sie wissen, was Sie von Marlene bekommen wollen, desto wahrscheinlicher ist der Erfolg.

Lukas isst nichts mehr, sagte Frau Kriesche, dabei hat er früher gegessen wie ein Scheunendrescher. Das ist die innere Unrast. Der ist so unruhig, da kann man ja nichts ansetzen.

Man sieht ihm die paar Kilo weniger nicht an, sagte Sven.

Der hat so viel Kraft und is' so stark. Mein Mann sagt trotzdem, unser dünnes Gerippe.

Ihre Schwiegertochter arbeitet beim Roten Kreuz, sagte Johanna.

Verhungern wird sie nicht. Hauptsache, sie kann leben. Die muss ja jetzt die ganze Miete bezahlen. Als Einzelperson ist das nicht so schwer. Gemeckert hat sie schon immer. Wir haben für ihr Zimmer in unserem Haus über tausend Mark bezahlt. Allein ihre Matratze hat vierhundert gekostet. Und was hat sie gemacht? Pustekuchen!

Im Grunde hängt sie an Ihnen, sagte Johanna, das haben wir gerade herausgefunden.

Frau Krieschas Stimme wurde freundlicher: Marlene ist immer einfach zu uns gekommen und hat das Kind abgegeben.

Vielleicht dachte sie, Sie könnten sie als Mutter unterstützen!

Das könnte natürlich sein.

Ich bin dankbar dafür, dass Sie das so sehen. Haben Sie etwas dagegen, wenn Sie noch heute Nachmittag bei Ihnen vorbei kommt?

Na gut, wir wollen's noch einmal miteinander versuchen, sagte Frau Kriesche, Lukas hängt so an ihr. Er käme sofort zurück. Wenn Sie nochmal bei ihr vorbeifahren, sagen Sie ihr das.

Es könnte etwas werden, sagte Johanna zu Sven, als sie wieder im Auto saßen und zum Goethe-Haus fuhren. Sie wollten am nächsten Morgen wieder zurück ins Rheinland und sagten Marlene kurz Bescheid.

Die beiden sind gar nicht so weit voneinander entfernt, sagte Johanna, es ist schwer, mit Menschen wie Frau Kriesche umzugehen. Bei der jungen Frau ist es mir leichter gefallen.

Auch zu mir ist Johanna aufrichtig, dachte Sven, aber warum Menschen plötzlich auf Vorurteile verzichten, habe ich noch nicht herausbekommen. Es ist wahrscheinlich die Art der Kommunikation! Ich möchte das auch können. Aber vielleicht ist es gar nicht erlernbar.

Wenigstens eine Kleinigkeit haben wir in Gesamtdeutschland bewegt, sagte er zu Johanna.

Das war mehr als eine Kleinigkeit, erwiderte sie. Mit großer Wahrscheinlichkeit haben wir eine Ehe gerettet.

Nicht wir, du, sagte Sven.

Nach einem erneuten Rundgang durchs Goethe-Haus kauften sie sich eine schöne Reproduktion des Goethe-Porträts von Johann Heinrich Meyer. Es war das Goethe-Bild, das Sven am besten gefiel. Goethe saß auf einem rot bezogenen Stuhl und hatte eine Seite des Buches, das zum Umblättern auf dem Tisch lag, leicht angehoben. Er trug einen dunkelblauen, zweireihig geknöpften, fast soldatischen Rock. Im Halsausschnitt die weiße Binde. Er sah auf dem Bild gar nicht aus wie der Großfürst der Literatur. Christiane hatte ihn gut gefüttert. Das Gesicht nicht mehr so hager wie auf den Jugendbildnissen. Ein bisschen angespannt, ein bisschen misstrauisch, so als wolle er sagen: Lasst mich in Ruhe! Die Haare kurzgeschnitten, fast wie heute.

Jens Korbus, 1943 in Ostpreußen geboren. Studium der Germanistik und Philosophie. Mitarbeit an der Uni Düsseldorf und am Heine-Institut. Gymnasiallehrer. Fachinger Kulturpreis für seinen „Brief an Goethe". Zahlreiche literarische Veröffentlichungen.

Jens Korbus
Imhoffs Traum
Books on Demand
2015
ISBN: 978-3739216720
120 Seiten
Preis 7,99 EUR

Carl Adam Christoph von Imhoff (1734-1788) war ein Miniaturmaler, der 1769 mit seiner schönen jungen Frau nach Indien segelte, um dort zu Geld zu kommen. Seine Frau blieb in Übersee bei dem bengalischen Gouverneur Warren Hastings, und er kehrte mit märchenhaftem Reichtum und zwei dunkelhäutigen Dienern als eine Art Nabob nach Deutschland zurück. Jens Korbus verbindet in seinem 11. Buch die Abenteuer von Imhoffs Indienreise mit dem Schicksal eines älteren Mannes, der seine verschwundene junge Freundin sucht. Ein Roman über die Rückkehr der Vergangenheit, zwei Frauen und die Macht der Erinnerung.

Jens Korbus
Charlotte
Books on Demand
2015
ISBN: 978-3738649390
48 Seiten
Preis 4,99 EUR

Goethe hat über seine Beziehung zu Charlotte von Stein zeit seines Lebens hartnäckig geschwiegen. In diesem fiktiven Gespräch mit Eckermann am 25.3.1825 spricht er zum ersten Mal darüber. – Dann kommt es zu einer Begegnung zwischen dem fünfundsiebzigjährigen Goethe und seiner dreiundachtzigjährigen Freundin.

Jens Korbus
**Dein Herz hält
alles aus**
Books on Demand
2016
ISBN: 978-3837041163
120 Seiten
Preis 7,99 EUR

Der Erzähler, ein Studienrat und Schriftsteller, und seine Frau Lissy, eine Ärztin, leben in Düsseldorf. Im Theater begegnen sie einer Jugendliebe des Erzählers und deren Freund. Die beiden sind Linguistikprofessoren. Im Laufe der Erzählung entwickelt sich eine gegenseitige Anziehungskraft, die so stark wird, dass sich die beiden Paare überkreuz verbandeln. Der Erzähler erträgt am Ende die verhängnisvolle Konstellation. Zufall und Schicksal lassen sich nicht steuern.